錢欣葆——著

謙虛好學

The Fable Of Pupils

小學生寓言故事

前言

六至十歲的兒童是閱讀的關鍵期，適合的閱讀有助於增長知識，拓寬視野，豐富想像力，並且提高判斷是非的能力。在這個階段培養孩子良好的閱讀興趣和閱讀習慣非常重要，讓孩子學會閱讀、喜愛閱讀，受益終身。

錢欣葆先生是當代著名寓言家，寓言構思巧妙、幽默有趣、耐人尋味。文章短小精悍，語言凝練，可讀可誦。生動有趣的故事中閃爍著智慧的光芒，蘊含著做人的道理。每篇寓言故事讓孩子感受不一樣的體驗、不一樣的樂趣，有不一樣的收穫。

《小學生寓言故事》有：誠實守信、勇敢機智、獨立思考、品德禮貌、謙虛好學、合作分享、溫馨親情、自立自強八冊。每篇寓言後面都有「故事啟示」，點明寓意，讓孩子更好地理解寓言中蘊含的深刻哲理。

這套寓言故事書，可用於家長和孩子的親子閱讀，有閱讀能力的孩子也可以獨自閱讀。美妙的文章中蘊含著人生大道理和大智慧，在輕鬆愉快的閱讀中，可以得到教育和啟迪，學到一些生活的智慧和做人的道理。

目次

Contents

前言 003

① 金絲猴架橋 012

② 不懂裝懂的灰兔 017

③ 愛下棋的國王 021

④ 小猴學本領 026

⑤ 老海龜的經驗 030

⑥「知識老人」的忠告 035

⑦ 猴子的教訓 039

⑧ 魔術師的演出 043

⑨ 一知半解的小海龜 047

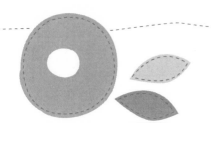

⑩ 瓷器大王的經驗 053
⑪ 黑熊的新房 057
⑫ 「驕傲」與「狂妄」 061
⑬ 老馬的忠告 066
⑭ 師徒共飲 070
⑮ 老鷹學游泳 074
⑯ 不會爬樹的金錢豹 078
⑰ 老鴨的判斷 082
⑱ 自以為是的猩猩 086
⑲ 愛炫耀的小河蚌 090
⑳ 武林高手 094

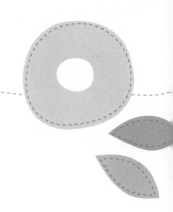

㉑ 灰兔兄弟 099

㉒ 師徒打刀 103

㉓ 小烏鴉的感想 106

㉔ 王怪怪的怪招 110

㉕ 怕麻煩的狗熊 115

㉖ 渡口比武 119

㉗ 食蟻獸和穿山甲 124

㉘ 老山羊認錯 129

㉙ 狂妄的電鰩 134

㉚ 鸚鵡和百靈鳥 139

謙虛好學

有可能一夜致富，但是知識卻只能靠自己勤奮學習，點滴積累。學習的敵人是自我滿足，要認真學習一點東西，必須從不自滿開始。在知識的山峰上登得越高，眼前展現的景色就越壯闊。

①金絲猴架橋

美麗的大森林裏，有一條清澈的小河。河上沒有橋，動物們過河很不方便。狗熊想：如果我把橋架好了，大家一定會讚揚我聰明能幹。狗熊立即運來木料，開始在小河上架橋。

金絲猴對狗熊說：「架橋要有技術，你沒有學過架橋，能行嗎？」

狗熊擦了一把汗，說：「當然行啦！只要我堅持不懈地實幹苦幹，就一定能夠架一座既堅固又漂亮的木橋！」

金絲猴說：「猩猩是有名的架橋師傅，我去請他來幫助設計施工好嗎？」

狗熊生氣地說：「我滿腔熱情地為大家架橋，你卻懷疑我的能力，打擊我的積極性。我獨自就可以把橋架好，還用得著去請什麼架橋師傅嗎?!」

金絲猴見狗熊不聽勸告，就去找猩猩師傅，跟他學架橋去了。

狗熊每天早出晚歸，為架橋忙碌著，吃了許多苦，流了許多汗。木橋剛架一半，突然狂風暴雨襲來，山洪暴發，河水猛漲，還沒有架成的木橋就被洶湧的洪水沖走了。狗熊傷心了很久，覺得自己運氣不好，架橋碰上了天災。

過了些日子，狗熊想，失敗是成功之母，這次失敗，下次就一定能夠成功。狗熊振作精神，又去搬運木料，滿懷信心地重新架橋。狗熊經過艱苦努力，終於把木橋架好了。

黑熊、大象和許多動物都高興地走上了木橋，木橋發出「吱嘎、吱嘎」的聲音。大家走到橋中央時，突然「啪」的一聲木橋坍塌了，一個個「撲通、撲通」掉進了河中。

坍塌在河中的木橋被河水沖走了，狗熊十分傷心，自言自語地說：「我真倒楣，上次架橋被洪水沖毀了，這次架得好好的橋又坍塌了。」

金絲猴設計了圖紙，選好了木料，在大家的幫助下開始架橋。

不久，河上架起了一座既堅固又漂亮的木橋。

黑熊、大象和許多動物都高高興興地在堅實的木橋上走來走去。狗熊見大家都誇金絲猴聰明能幹，感到很慚愧。

故事啟示

要完成一件事光憑熱情不行，還得有真本領。有些人十分自信，有轟轟烈烈做一番事業的熱情。他們也努力過，但是大多難於取得成功。沒有真才實學，憑一時熱情盲目蠻幹，難免會失敗。

② 不懂裝懂的灰兔

灰兔喜歡在夥伴面前吹噓，說自己見多識廣，什麼都懂。夥伴們聽灰兔吹得天花亂墜，都將信將疑。

一天雨後初晴，灰兔跳跳蹦蹦來到小松樹下，對松鼠說：「你快下來，我們一塊去採蘑菇。蘑菇又鮮又嫩，營養豐富，吃了可以滋補身體。」

松鼠一邊從樹上下來一邊說：「我從未採過蘑菇，不知道蘑菇長什麼樣子。你知道應該採什麼樣的蘑菇嗎？」

灰兔拍著胸脯對松鼠說：「我當然知道啦！你只管跟我去，準沒錯！」

灰兔和松鼠走啊走，來到一個爛樹根邊。只見爛樹根上長著許多有紅色斑點的傘形東西，十分漂亮。

灰兔胸有成竹地說：「這東西就是我們要採的蘑菇，快嘗嘗，一定十分鮮美。」

松鼠想了想，說：「我們先不要吃，還是採回去問明白了再決定是否吃。」

「我才不高興去問呢，讓別人知道我們連蘑菇也不認識，太丟人了。」灰兔說完，採了一朵蘑菇就大口大口吃了起來。

沒過多久，灰兔只覺得頭暈肚子痛，難受極了，在地上直打滾。松鼠急忙叫來了梅花鹿醫生，讓他給灰兔看病。

梅花鹿醫生給灰兔認真檢查後，說：「你剛才吃的是有毒的蘑菇，已經中毒了，十分危險。」

經梅花鹿醫生全力搶救，灰兔才轉危為安。

灰兔看著身邊的松鼠，深有感觸地說：「我不懂裝懂，誤食了毒蘑菇，這是個教訓啊！」

故事啟示

在這個世界上，沒有哪個人能夠無所不知，什麼都懂。不懂並不可怕，可怕的是不懂裝懂。

③愛下棋的國王

有一個愛下象棋的國王，他常和大臣、象棋高手對弈。國王大權在握，榮辱生殺都出在他嘴裏，和他下棋可要特別小心。如果出手太厲害，把國王殺得一敗塗地，他下不了臺，就要惱羞成怒。但如果讓棋太多，使國王贏得太容易，他又會覺得你在愚弄他，會大發雷霆。幾年來，每次下棋國王都是贏家，大家都恭維他為天下獨一無二的象棋高手。國王自己也覺得棋藝非凡，打遍天下無敵手。

一天，國王裝扮成教書先生模樣，走出宮門，微服私訪。他來到京城一家酒店，見一群人擠在一起看什麼，就擠上去看個究竟。原來，大家都在看一個十來歲的小姑娘正和一個青年人下象棋。那小姑娘機敏過人，下棋出奇快，一會就把青年人殺得片甲不留。

國王來了棋興，坐下來要和小姑娘對弈。

小姑娘把手中的梨放在桌上，看了一眼自己對面的老頭，說：「如果我輸了，我就把這顆梨給你，你輸了給我什麼呀？」

國王掏出一個精緻的小袋子放在桌上，笑著說：「如果我輸了，我就把這小袋子裏的東西全給你。」

小姑娘一邊玩著懷中的花貓，一邊和國王下棋。不多一會，國王就損兵折將，很快就成了小姑娘的手下敗將。國王不服輸，又和小姑娘下了一盤，結果是同樣慘敗。

國王這才心服口服，對小姑娘說：「你的棋藝十分了得，真是高手，佩服、佩服！」

小姑娘笑著說：「我算什麼高手呀，我的父親才是下棋高手呢。他曾被選入宮中和國王對弈呢！只是他輸給了國王。」

國王說：「你父親既然是真正的高手，為什麼會輸給國王呢？」

小姑娘哈哈大笑道：「你連這也不懂？父親說，為了讓國王高興，他是故意輸給國王的。」

國王恍然大悟。他把小袋子給了小姑娘，回頭就走。

小姑娘打開袋子一看，全是白花花的銀子，趕忙追上去，說：

「誰要你的東西呀，剛才打賭是鬧著玩的啊！」

國王回到宮中，閉門反思，他想：下棋是這樣，別的事難道不也一樣？

故事啟示

知識是來不得一點虛假的，沒有真才實學，終久會原形畢露。那些目空一切，自以為了不起的人，其實沒有什麼真本事。

④小猴學本領

小猴活潑可愛，大家都喜歡他。猴媽媽更是格外疼愛自己的孩子，她走到哪兒都背著小猴。春去秋來，小猴一天天長大了。

一天，猴媽媽撫摸著小猴的頭，說：「你已經長大了，不能光是玩耍，應該學習點本領了。」

小猴對媽媽說：「媽媽儘管放心，我不會讓你失望的，我要出去學習很多很多的本領。」

第二天，小猴就告別了媽媽，外出學本領去了。梅花鹿小提琴拉得悠揚動聽，小猴就跟梅花鹿學拉小提琴；山羊的圍棋下得特別好，小猴就跟山羊學下圍棋；熊貓的書法寫得特別漂亮，小猴就跟熊貓學習書法；猩猩的山水畫畫得大家都叫好，小猴就跟猩猩學畫山水畫。

過了些日子，小猴回到了家裏。

猴媽媽問小猴學習到了什麼本領，小猴對媽媽說：「我琴棋書畫都學了，現在就表演給你看。」

小猴拉起了小提琴，聲音和拉鋸子差不多，十分難聽。小猴又和媽媽下圍棋，很快敗下陣來。小猴寫的書法和畫的畫也很不成樣子，猴媽媽看後不停地搖著頭。

猴媽媽語重心長地對小猴說：「要想學到很多東西的祕訣，就是不要一下子學習太多的東西。你什麼都想學會，結果什麼都沒有學會啊！」

故事啟示

聰明在於學習，知識在於積累。一個人如果不知道學習的重要，他永遠也不會變得聰明。但是如果什麼都想去學習，就什麼也學不好。

⑤ 老海龜的經驗

大海中有一座美麗的海島，這裏有明媚的陽光，金色的沙灘。

一隻老海龜爬上了海島，悠閒地在沙灘上曬太陽。

一隻小海龜氣喘呼呼爬過來，上氣不接下氣地對老海龜說：

「我在那邊樹林裏看見了妖怪，很可怕，快逃啊！」

老海龜鎮定自若，對小海龜說：「你先別驚慌，快告訴我你看到了什麼？」

小海龜說：「他的本領可大呢，能夠一連翻很多個筋斗，還能夠爬上很高的樹。他的臉紅紅的，連臀部也是紅紅的。我從來沒有見過，太可怕了！」

老海龜笑著說：「你看到的不是什麼妖怪，肯定是猴子。猴子不會傷害我們海龜的，你用不著害怕！」

小海龜奇怪地說：「你沒有親眼去看，怎麼就斷定他是猴子呢？」

老海龜得意揚揚地說：「我活了一百多年，到過許多地方，見多識廣，憑經驗就能夠判斷是什麼。不會錯！」

過了幾天，小海龜和老海龜在大海中相遇。

小海龜對老海龜說：「剛才，我看見一個身體龐大的怪物在海中快速前進，還發出低沉可怕的聲音呢！」

老海龜說：「你真是少見多怪，這肯定是鯨魚。不會錯！我曾經用我堅硬的外殼和鯨魚的身體撞擊過一次，你猜怎麼樣？他的身體根本沒有我的殼硬，驚恐地逃跑了！」

小海龜看了一眼前面，驚恐地說：「你看，這怪物向我們衝過來了！」

老海龜雙眼一閉，向迎面衝過來的龐然大物猛衝過去，「啪——」一聲，老海龜被龐然大物撞擊後摔到了海底，昏迷了很久。

幾天後，小海龜見到了身受重傷的老海龜。

小海龜對老海龜說：「我聽海豚說，那天你撞上的不是鯨魚，是人類用鋼鐵製造的潛水艇。」

老海龜搖著頭，說：「不可能！海豚才幾歲，他懂什麼？根據我的經驗，那肯定是鯨魚，不會錯！只是他的身體確實比過去遇到的鯨魚要堅硬得多。」

故事啟示

經驗是可貴的，但是，老經驗有時不能解決新問題。需要不斷虛心學習新知識，才能與時俱進。

⑥「知識老人」的忠告

「勤奮」從小虛心好學，經過不懈努力，終於成為學識淵博的人。他事業有成，對社會做出很大貢獻，受到了大家的尊敬。

「懶惰」從小討厭讀書，不思進取，不學無術。他碌碌無為，一事無成，大家都看不起他。

一天，「懶惰」和「勤奮」偶然相遇。

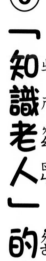

「懶惰」看了一眼春風得意的「勤奮」，憤憤不平地說：「這個世界不公平，我沒有事業，生活艱難，前途黯淡；你卻事業轟轟烈烈，生活富裕，風光無限。」

「勤奮」看著愁眉苦臉的「懶惰」，說：「你目前的境況確實讓人同情，但是你當初沒有好好珍惜時間，你在『知識老人』那裏得到的太少，所以你以後的人生就一直比較艱難。」

「懶惰」聽了「勤奮」的話，覺得有道理，但是他又覺得「知識老人」偏心眼，給「勤奮」的知識多，給自己的知識少。「懶惰」越想越氣惱，決定去找「知識老人」，和他評評理。

「懶惰」生氣地質問「知識老人」：「你為什麼偏心眼，給我的知識那麼少，給『勤奮』的知識卻那麼多?!」

「知識老人」心平氣和地說：「我向來是公平無私的，誰勤奮好學，誰獲得的知識就多。你懶惰成性，不思上進，自然得不到多少知識，這只能怪你自己！」

「懶惰」沉思了一會，賠著笑臉對「知識老人」說：「如今有一句話，叫『知識就是金錢』，我想用金錢買知識。我們做個交易，我出錢向你買知識，你開個價，這樣總可以吧？」

「知識老人」搖搖頭，說：「知識是金錢買不到的，只能靠自己勤奮學習，點滴積累啊！」

故事啟示

只要肯花錢，幾乎什麼東西都可以買得到。但是，在這個世界上唯有知識卻是花再多的錢也買不到的。

⑦ 猴子的教訓（ㄏㄡˊ ㄗˇ ㄉㄜ˙ ㄐㄧㄠˋ ㄒㄩㄣˋ）

從前（ㄘㄨㄥˊ ㄑㄧㄢˊ），猴子爬樹（ㄏㄡˊ ㄗˇ ㄆㄚˊ ㄕㄨˋ）的本領（ㄅㄣˇ ㄌㄧㄥˇ）並不大（ㄅㄧㄥˋ ㄅㄨˋ ㄉㄚˋ）。他看見松鼠（ㄊㄚ ㄎㄢˋ ㄐㄧㄢˋ ㄙㄨㄥ ㄕㄨˇ）在樹枝上靈活地跳（ㄗㄞˋ ㄕㄨˋ ㄓ ㄕㄤˋ ㄌㄧㄥˊ ㄏㄨㄛˊ ㄉㄜ˙ ㄊㄧㄠˋ）來跳去（ㄌㄞˊ ㄊㄧㄠˋ ㄑㄩˋ），十分羨慕（ㄕˊ ㄈㄣ ㄒㄧㄢˋ ㄇㄨˋ）。猴子拜松鼠為師（ㄏㄡˊ ㄗˇ ㄅㄞˋ ㄙㄨㄥ ㄕㄨˇ ㄨㄟˊ ㄕ），向他學習爬樹的本領（ㄒㄧㄤˋ ㄊㄚ ㄒㄩㄝˊ ㄒㄧˊ ㄆㄚˊ ㄕㄨˋ ㄉㄜ˙ ㄅㄣˇ ㄌㄧㄥˇ）。松鼠（ㄙㄨㄥ ㄕㄨˇ）收下了這個徒弟（ㄕㄡ ㄒㄧㄚˋ ㄌㄜ˙ ㄓㄜˋ ㄍㄜˋ ㄊㄨˊ ㄉㄧˋ），認真地教他練習（ㄖㄣˋ ㄓㄣ ㄉㄜ˙ ㄐㄧㄠ ㄊㄚ ㄌㄧㄢˋ ㄒㄧˊ），耐心地給他做示範表演（ㄋㄞˋ ㄒㄧㄣ ㄉㄜ˙ ㄍㄟˇ ㄊㄚ ㄗㄨㄛˋ ㄕˋ ㄈㄢˋ ㄅㄧㄠˇ ㄧㄢˇ）。

日子一天天過去了（ㄖˋ ㄗˇ ㄧ ㄊㄧㄢ ㄊㄧㄢ ㄍㄨㄛˋ ㄑㄩˋ ㄌㄜ˙），猴子爬樹的本領已經有了很大的進步（ㄏㄡˊ ㄗˇ ㄆㄚˊ ㄕㄨˋ ㄉㄜ˙ ㄅㄣˇ ㄌㄧㄥˇ ㄧˇ ㄐㄧㄥ ㄧㄡˇ ㄌㄜ˙ ㄏㄣˇ ㄉㄚˋ ㄉㄜ˙ ㄐㄧㄣˋ ㄅㄨˋ）。

一天（ㄧ ㄊㄧㄢ），松鼠對猴子說（ㄙㄨㄥ ㄕㄨˇ ㄉㄨㄟˋ ㄏㄡˊ ㄗˇ ㄕㄨㄛ）：「你爬樹動作還不熟練（ㄋㄧˇ ㄆㄚˊ ㄕㄨˋ ㄉㄨㄥˋ ㄗㄨㄛˋ ㄏㄞˊ ㄅㄨˋ ㄕㄡˊ ㄌㄧㄢˋ），還要刻苦練習（ㄏㄞˊ ㄧㄠˋ ㄎㄜˋ ㄎㄨˇ ㄌㄧㄢˋ ㄒㄧˊ）。」

猴子聽了松鼠的話，很不高興，心想：我現在的本領不比你松鼠差，今後我不要這個討厭的師傅了。

一隻大灰狼走過來，對樹上的猴子說：「你爬樹的本領比松鼠好，我最喜歡看你爬樹梢的優美姿勢了。」

猴子聽了大灰狼的話，心裏可高興啦！他正想在別人面前露一手呢，於是馬上奮力「刷刷刷」地向樹梢爬啊爬。猴子只覺得樹梢一直在不停地晃動著，心一慌，手一鬆，身子就「嘩」地一下向下跌。猴子的屁股正好跌在一個樹樁上，跌成紅紅一片，痛得哇哇直叫。

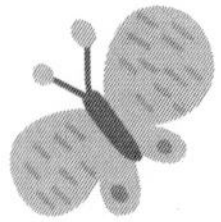

大灰狼見猴子已經中計，張著大嘴巴正要向他撲來。說時遲，那時快，松鼠「嗖」地一下從樹上跳下去，用毛茸茸的大尾巴向大灰狼的眼睛猛地掃過去。這是松鼠對付敵人的祖傳絕招。大灰狼的眼睛被松鼠尾巴刺得疼痛難忍，眼淚都流出來了。松鼠和猴子趁機迅速爬上了樹，大灰狼只好乾瞪眼。

猴子知道自己錯了，從此以後，虛心向松鼠學習，終於練出了一身厲害的爬樹本領。猴子紅紅的屁股就是跌在樹樁上受傷造成的，這個教訓留下的「紀念」也傳給了後代，也許是為了讓子孫後代不要忘記這個教訓。

故事啟示

學習的敵人是自己的滿足，要認真學習一點東西，必須從不自滿開始。在知識的山峰上登得越高，眼前展現的景色就越壯闊。

⑧魔術師的演出

孫偉拜著名魔大師為師，虛心請教，刻苦練習。經過堅持不懈的努力，孫偉終於成為了遠近聞名的魔術師，他的魔術大膽、新穎、奇特，讓人耳目一新。他上臺表演瀟灑自如，和助手配合默契十足，臺上臺下氣氛熱烈。

這一天，觀眾特別多，孫偉的表演也特別賣力。他把漂亮女助手送進一個一人高的大櫃，把門關上後一邊揮舞著手中的魔棍，

一邊念念有詞。然後，他做了一個女助手已經在大櫃中消失了的手勢，說她將奇蹟般出現在觀眾席中。

魔術師打開大櫃的門，女助手卻還在大櫃內。魔術師想，也許自己過於心急，女助手還沒有來得及藏匿。於是，他把大櫃門關上，又一邊揮舞著手中的魔棍，一邊念念有詞。他又一次做了一個女助手已經在大櫃中消失了的手勢，打開大櫃的門，女助手卻依然在大櫃內。

魔術師一連「變」了幾次，都沒有把女助手「變」掉，這下他急了，冷汗直冒。臺下的觀眾開始起鬨，劇場內一片噓聲。魔術師急忙讓男助手把大櫃抬走，表演下一個節目。

魔術師在後臺找到了女助手，大聲責問她：「你為什麼不配合演出？」

女助手十分委屈，指著大櫃說：「你看，後面的『機關』壞了，叫我怎麼出得去？過去，在演出前你總是要親自細心檢查每一件道具，虛心和我們商討如何讓演出更加有默契。自從你出名後，演出前你只顧著接受記者採訪和為魔術迷們簽名。」

魔術師沒有說話，他低頭沉思著：自從成名之後，自己驕傲自大，心浮氣躁，不再虛心好學了。這次演出失敗是偶然事件，但也有其必然性啊！

故事啟示

驕傲自滿是一座可怕的陷阱，而這個陷阱卻是我們自己親手挖的。一個人一旦有了一點名氣，就應該更加謙虛謹慎，踏實做事。即使你十分優秀，一旦離開了別人的配合、幫助，也很難持久輝煌！

⑨ 一知半解的小海龜

老海龜在海洋裏創辦了一所海龜學校，許多小海龜都來上學。

今天，海龜老師在為小海龜們上課，教〈海豚不是魚〉這一課。小海龜們都覺得奇怪：海豚長得和魚差不多，也是用尾巴游泳，怎麼不是魚呢？

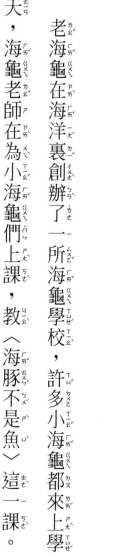

海龜老師正在詳細地說明海豚為什麼不是魚，一隻小海龜趁海龜老師不注意，悄悄溜出了教室。小海龜見小鯨魚在珊瑚礁邊玩，就游了過去。

小海龜說：「整天在學校聽課，煩死了！你也一定是從學校中逃出來的吧？」

小鯨魚看了一眼小海龜，說：「今天我們鯨魚學校放假，所以我沒有去上學。你怎麼可以翹課呢？」

小海龜滿不在乎地說：「翹課又怎麼啦？反正我很聰明，老師講一遍我就全懂了。我還知道海豚不是魚類呢！你還不知道吧？」

小鯨魚對小海龜說：「我早就知道海豚不是魚啦！你說你很聰明，那你告訴我，為什麼海豚不是魚呢？」

小鯨魚見小海龜支支吾吾答不上來，又問：「那你知道我是不是魚呢？」

小海龜笑著說：「這個問題難不倒我，你叫鯨魚當然是魚啦！」

小鯨魚說：「回答錯誤！我們鯨魚和陸地上的老虎、獅子一樣都是吃媽媽的奶長大的，是海洋中的哺乳動物，根本不是魚類啊！要說我們為什麼不屬於魚類，講起來話就長了……」

小海龜打斷小鯨魚的話，說：「你別騙我了。你不是魚，為什麼叫鯨魚呢？」

小鯨魚說：「這有什麼值得大驚小怪的？我們鯨魚和墨魚雖然名字中都有個『魚』字，但是都不屬於魚類。海馬的名字中雖然沒有『魚』字，卻屬於魚類。」

小海龜聽了小鯨魚的話，十分佩服，說：「你懂得這麼多，真是了不起啊！」

小鯨魚說：「知識的海洋和大海一樣無邊無際，我只學到了一點皮毛。老師常常教導我們，一定要認真聽講，刻苦鑽研，千萬不能一知半解就驕傲自滿。」

小海龜聽了小鯨魚的話，十分慚愧。他告別了小鯨魚，到海龜學校向老師認錯去了。

故事啟示

滿足於微不足道的知識，都是由於驕傲與無知。無論在什麼時候，永遠不要以為自己知道一切。一定要虛心好學，勤於思考，理解透徹。

⑩瓷器大王的經驗

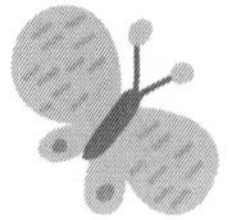

製作一般瓷器，難度並不是很大，許多熟練技工都能操作，但要製作高檔精品瓷器，那就非製瓷高手不可。瓷坯的製作、花紋的繪製，以及火候的掌握等都有很深的學問。

這一年，「瓷器之鄉」要舉行瓷器精品比賽，請各地著名專家當評委。誰製作的瓷器最好，誰就被評為「瓷器大王」。製瓷高手

們誰都希望能夠獲得「瓷器大王」這個光榮稱號，大家都花了許多時間精心準備。

評選的時間到了，製瓷高手紛紛把自己的心愛之作拿來參加評選，評委們對參賽瓷器一一做了認真的評選。這些瓷器都不錯，但以更高標準來衡量，卻大多有某方面的不足。有的製坯了無創意，有的花紋無啥品位，有的火候不足或太過。只有李師傅的一個青瓷花瓶精美無比，無可挑剔，他榮獲了「瓷器大王」稱號。

張師傅見李師傅獲得「瓷器大王」的稱號，十分羨慕，於是對李師傅說：「為了參加這次比賽，我足不出戶，一直在家精心設計，精心燒製，經過無數次的試驗，終於製出了我最滿意的瓷器。可是和你的瓷器比，我的就差得遠了。請你介紹一下你的經驗，你是如何製作出這麼好的精品瓷器來的，好嗎？」

李師傅說：「為了參加這次比賽，我花不少時間外出向行家們虛心學習，他們的製坯、繪畫、燒窯技術給了我許多的啟發。我的作品所以得到好評，主要是汲取了別人的長處！」

故事啟示

善於總結自己的經驗教訓，對於不斷提高自己的水準十分有益。但是，一個人的經驗總是有限的，要善於向別人學習。只有博採眾長，取長補短，才能取得輝煌的業績。

⑪ 黑熊的新房

一條清澈的小溪潺潺流淌，小溪邊風景秀麗。黑熊在小溪邊的平坦地上建造了一幢漂亮的木房子，十分高興。

灰兔看著小木屋，對黑熊說：「你的新房子設計得太好了，是我所見到過最漂亮的房子。」

猩猩繞木屋轉了一圈，對黑熊說：「你的新房子好，選擇的地方更加好。這裏有山有水，風景優美，適合居住。」

梅花鹿一邊敲著木房子，一邊說：「你的新房子既堅固又實用，是我所見到過最好的房子。」

黑熊聽了大家的讚揚，心裏美滋滋的。他得意地對夥伴們說：「在新房設計、選擇建新房的地址、新房的建築施工上，我都花了許多時間和精力。現在新房已經建成，從此可以安居樂業、享受美好生活了！」

金絲猴對黑熊說：「你的新房設計得很有特色，建造得也確實不錯。但是，你建在一個不合適地方！」

黑熊自滿地笑著說：「這裏環境這麼好，我去小溪邊捕魚又方便，哪裏有什麼不合適呢？」

金絲猴搖搖頭警告說：「一旦連日暴雨，山洪暴發，這裏就會變成一片汪洋。你還是趕快想辦法把房子搬遷到山坡上去吧，免得到時被洪水沖毀。」

黑熊不相信金絲猴的話，沒有搬遷。沒過多久，一連幾天傾盆大雨，山洪突然暴發，洶湧的洪水把黑熊的房子沖走了。黑熊在洪水中拚命掙扎，好不容易爬上了岸。他自言自語地說：「如果虛心聽取金絲猴的忠告，也不會有這麼巨大的損失啊！」

故事啟示

驕傲是失敗的開頭，自滿是智慧的盡頭。有些人自以為是，目空一切，不願意虛心聽取別人的不同意見。這樣的人難免會吃苦頭。

⑫「驕傲」與「狂妄」

「驕傲」和「狂妄」在小木橋上相遇了。

「驕傲」輕蔑地看了一眼「狂妄」，怒氣沖沖地說：「你是誰？快讓開！」

「狂妄」瞪了一眼「驕傲」，火暴暴地說：「你是誰？快讓開！」

「驕傲」傲慢地說：「我在武術大賽中打敗了所有對手，獲得過冠軍。你快給我讓開，不然我就不客氣了！」

「狂妄」揮舞著拳頭，說：「我是武林高手，打遍天下無敵手。你的一點三腳貓功夫，怎能和我這樣的高手比？你快給我讓開，不然我就不客氣了！」

「驕傲」和「狂妄」誰也不讓誰，在橋上大打出手。一個青年人想過橋，來到橋上要「驕傲」和「狂妄」讓開。「驕傲」和「狂

妄」見青年人居然要他們讓路，十分生氣，一起氣勢洶洶地向青年人衝過去。青年人用手輕輕一撥，「驕傲」和「狂妄」就「撲通、撲通」掉進了河中。

「驕傲」和「狂妄」爬上了岸，問青年人剛才用的是什麼神功，青年人笑著說：「哪裏是什麼神功，不過是雕蟲小技而已。我急著趕路去拜師學藝，剛才把你們推下河，多有得罪。」

「驕傲」對青年人說：「你的武功如此高強，怎麼還要去拜師學藝呢？」

青年人說：「師妹和我比武，我總是她的手下敗將，何況山外青山樓外樓，各地高手很多。我外出拜師學藝，希望自己武功有所長進。」

青年人說完話，大步流星地走了。

「驕傲」和「狂妄」在他身後大聲問：「請問先生大名，你師妹叫什麼？」

青年人回頭說：「我叫『謙虛』，師妹叫『勤奮』。」

故事啟示

驕傲的人學一當十，虛心的人學十當一。驕傲的人自以為十分了不起，喜歡自吹自擂；謙虛的人即使有真本領，總是覺得微不足道，謙虛謹慎。

⑬ 老馬的忠告

老馬見兩匹小馬一直在草地上玩，就走了過去。

老馬說：「你們都已經長大了，不能老是玩，應該學習本領了。」

小白馬說：「誰說我們老是玩？我們剛從千里馬那裏學習回來。」

小黑馬說：「千里馬就是不一樣，我們都很欽佩他。一定要虛心向他學習。」

老馬說：「你們向千里馬學習到了什麼呢？」

小白馬說：「千里馬的嘶叫聲特別響亮動聽，我聽他怎麼叫就怎麼學，現在我的叫聲和千里馬已經沒有什麼差別了。」

小黑馬說：「千里馬尾巴擺動的姿勢很瀟灑，我見他怎麼擺動就怎麼學，現在我的尾巴搖動姿勢和千里馬已經幾乎一模一樣了。」

小白馬仰首大聲嘶叫著，小黑馬擺動起了尾巴。

老馬說：「你們還向千里馬學到什麼本領呢？」

小白馬和小黑馬都搖著頭，說：「其他本領還沒有學呢！」

老馬語重心長地說：「向千里馬學習，就應該學習他吃苦耐勞、堅忍不拔的精神和熟練的奔跑技巧。你們卻只學習了一些無關緊要的東西。這些學習得再好，有什麼用呢？」

故事啟示

要有一個正確的學習態度和明確的學習目的。要學到真功夫並不是一朝一夕的事，需要去除浮躁潛心鑽研、刻苦訓練才行。

⑭ 師徒共飲

一位遠近聞名的老廚師帶了兩個徒弟，把自己的廚藝毫無保留地教給他們。兩個徒弟在名師開的飯店裏學習，廚藝提高得很快。

快過年了，兩位徒弟準備了禮品去給師傅拜年，想趁師傅高興時提出各自出去開飯店的事。老廚師見兩個徒弟來拜年，格外高興，親自進廚房炒了幾盤菜。師徒在一起飲酒聊天，其樂融融。

大徒弟吃了一口師傅炒的肉絲，說：「師傅，你炒肉絲時鹽稍微放少了一點點，偏淡的菜口感稍稍差一些。」

小徒弟怕師傅在徒弟面前尷尬，忙說：「我不覺得淡，很好吃。炒菜即使少放一點鹽沒有什麼大不了的，低鹽飲食還有益健康呢！」

師傅聽了兩位的話，沒有說話，只管喝酒。

大徒弟吃了一口蝦仁，說：「師傅，你在炒蝦仁時，沒有放料酒，稍稍有點腥味。」

小徒弟怕師傅不高興，忙說：「師傅炒的蝦仁中有蔥、薑等佑料，很好吃啊！料酒放不放無所謂！」

師徒三人誰也不再說話，只是默默地喝酒、吃菜。

老廚師連喝了三杯酒，把酒杯往桌子上一放，大聲說：「我原來想讓你們從明天起都去獨自創業，看來有人走不了啦！」

小徒弟想，一定是師兄剛才的話惹怒了師傅，忙給他求情：「師傅，師兄對你炒的菜亂加評論的確是不大好，請你原諒他這個直性子，不要為難他了。」

師傅看了一眼小徒弟，說：「我為了考驗你們，特意在炒肉絲時少放了一點點鹽，炒蝦仁時沒有放料酒。你師兄全說對了，他可以去獨立創業了，我很為他高興。但是，你非但沒有覺察我炒菜時故意留下的問題，還說這些都是無所謂的小事，你還得跟我繼續好好學習。」

故事啟示

驕傲與失敗掛鉤，虛心與進步交友；懶惰和愚昧相親，奮鬥跟勝利握手。任何事情都有學問，要想掌握禁得起考驗的本領，就得虛心學習，勤於思考。

⑮ 老鷹學游泳

饑餓的鱷魚浮出水面，對河邊樹上的老鷹說：「我見過你在天空飛翔的姿態，太優美了。你游泳時的姿態一定更加優美，但是我從來沒有見識過。」

老鷹說：「我們老鷹只會飛翔，根本就不會游泳啊！」

鱷魚說：「魚鷹不也是鷹，他們可是游泳和潛水的好手。你大名鼎鼎的老鷹連魚鷹也不如，豈不讓人笑話？游泳不難，學一下就會了，不信你試試。」

老鷹說：「我的情況和魚鷹不同，游泳我不行。」

鱷魚說：「那你到河中試過游泳沒有？」

老鷹說：「我沒有試過。」

鱷魚說：「千萬不要說自己不行，凡事要大膽嘗試，你不去嘗試，怎麼知道自己就不行呢？你這麼好的身體，又特別聰明，游泳肯定一學就會！」

老鷹聽了鱷魚的話，覺得也有道理，就飛向河中，想嘗試一下自己到底能不能游泳。鱷魚兇相畢露，衝上去將在河中掙扎著的老鷹咬住了。

老鷹被鱷魚咬住後才知道受騙上當了，十分後悔，但是已經晚了。

故事啟示

你可以去嘗試許多東西，失敗了也不要緊，但是應該知道有些東西是絕對不能嘗試的。做人要有理智，要明白：哪些應該學，哪些不應該學；哪些應該做，哪些不應該做。

⑯不會爬樹的金錢豹

金錢豹媽媽生了兩隻可愛的小金錢豹，她對他們關懷備至，讓他們健康成長。兩隻小金錢豹慢慢長大了，金錢豹媽媽就帶著他們在山坡上練習奔跑。小金錢豹們學著媽媽的樣，堅持刻苦練習，奔跑的速度越來越快。

一天，金錢豹媽媽對兩隻小金錢豹說：「你們奔跑的速度已經很快，這很好。但是你們還要學會爬樹的本領，這也很重要。」

金錢豹哥哥對媽媽說：「我們已經學會了快速奔跑，還要學爬樹幹什麼？」

金錢豹媽媽對他們說：「學會爬樹的好處很多，我們在樹上休息，既涼快又安全。我們還可以將獵物叼到樹上，免得被老虎或灰狼趁機搶走。」

金錢豹弟弟覺得媽媽講的有道理，他認真努力地跟媽媽學習爬樹本領。剛開始時動作不熟練，他多次從高高的樹上摔下來，摔得青一塊紫一塊。但是，他堅持不懈，勤奮學習。

金錢豹哥哥想：我已經有了快速奔跑的能力，追捕小動物很方便；學習爬樹多此一舉，又苦又累不值得。他不聽媽媽的勸告，就是不學習爬樹。

時間過得飛快，金錢豹弟弟經過刻苦學習，不但能夠快速奔跑，還能熟練地爬樹。

一天，金錢豹兄弟來到山溪邊尋找食物。突然，山洪暴發，洪水很快包圍了他們。金錢豹弟弟情急生智，飛快地爬到了一旁的一棵大樹上。他招呼哥哥也到樹上避難，可是哥哥沒有學習過爬樹，怎麼也爬不上去。金錢豹弟弟拚命拉著泡在洪水中的哥哥，想把他救上樹，可是怎麼也拉不上去。

不會爬樹的金錢豹終於被洪水沖走了。

故事啟示

學問的淵博在於學習時不知道厭倦，而學習不知厭倦在於有堅定的目標。滿足於已經學習到的本領，不願學習新的本領是很可悲的。

⑰ 老鴨的判斷

小雞在池塘邊的草地上尋找食物，抬頭看了一眼天空，驚叫起來：「老鷹衝下來了，快逃！」閉著雙眼在一旁休息的老鴨對小雞說：「那是老鷹風箏，你怕什麼呢？」

小雞仔細一看，天空中不停晃動的果然是畫著老鷹羽毛的老鷹風箏。

小雞感到不解地對老鴨說：「你閉著眼睛，怎麼知道天空中是老鷹風箏呢？」

老鴨得意地說：「我的判斷不錯吧！因為我剛才看見小猴和小羊拿著兩隻老鷹風箏走過去。」

過了一會，小雞又抬頭一看，見老鷹風箏旁有一隻老鷹，大聲驚叫：「老鷹風箏旁邊有一隻真的老鷹，我們快逃吧！」

老鴨仍然閉著眼睛，不耐煩地說：「不要大驚小怪，那一定是小猴和小羊又放了一隻老鷹風箏。我的判斷絕對正確！」

小雞一邊逃跑一邊大聲說：「不好了，老鷹衝下來抓我們了，快逃！」

老鴨自言自語地說：「這隻膽小如鼠的小雞，真是可笑。」

老鷹見一隻鴨子躺在草地上一動不動，就向他俯衝下來。老鴨聽見動靜，睜眼見老鷹就在他的身旁，嚇得渾身哆嗦。老鷹用有力的爪子抓住老鴨，正要用帶尖鉤的嘴向老鴨啄去，被飛奔過來的花狗趕跑了。

老鴨看了一眼和花狗一起趕來的小雞，說：「都怪你，沒有講清楚，所以我才判斷錯了。」

花狗對老鴨說：「如果沒有小雞及時向我報警，你現在早就成了老鷹的美餐了呢！」

故事啟示

過於自信，聽不進別人勸告，難免會出錯。不了解實際情況，憑經驗判斷問題是靠不住的。

⑱ 自以為是的猩猩

美麗的森林裏有一條清澈的小溪，小溪邊住著猩猩和大象。

猩猩看看大象潔白漂亮的房子，又看看自己灰不溜秋的房子，心裏很不好受。猩猩想：大象的房子粉飾一新，我自己的房子就顯得格外難看了，在鄉親們面前很沒有面子。

猩猩覺得光把房子粉飾一遍不行，還要把房子前面的牆都加高，這樣就顯得氣派。猩猩說做就做，把房子後面的牆拆了，把拆

下的磚用來加高前面的牆壁。猩猩一會拆牆，一會搬磚，一會砌牆，累得滿頭大汗。

猩猩把房子面前的一排牆砌得高高的，像牌樓一樣。他一遍又一遍地粉飾牆壁，把牆壁粉飾得潔白光亮。猩猩站在家門口，得意地欣賞著自己親手改造的房子。

大象對猩猩說：「你房子改造後的門面確實很漂亮、氣派，不過我見你房子後邊的牆都拆光了，這樣只顧門面沒有後牆怎麼行呢？」

猩猩滿不在乎地說：「這不用你擔心，我先找些木板、紙板暫時擋一下，過些日子再去買磚把牆砌上。」

傍晚，天空突然烏雲密布，電閃雷鳴，狂風暴雨越來越大。猩猩房子後面沒有了牆壁，家裏的東西被吹得亂七八糟，地上到處是雨水。一陣狂風吹過，房子發出「嘎嘎」的可怕聲音。猩猩急忙逃到了屋外，房子突然「轟」的一聲坍塌了。

猩猩在大雨中自言自語地說：「房子倒了，門面沒有了，面子也沒有了。」

故事啟示

要面子並不是壞事，但是為了滿足虛榮心而不考慮後果，卻是十分有害的。要知道，過分的要面子到頭來不僅會丟盡臉面，還要自己品嘗因此釀成的苦果。

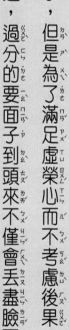

⑲ 愛炫耀的小河蚌

清清的池塘裏，有一隻喜歡炫耀的小河蚌。

他見一隻大河蚌在水草叢旁一聲不響地躺著，就走過去張開身體，說：「你看看，我已經培育了兩顆珍珠，你有嗎？讓我也看看。」

大河蚌不說話，也不張開身體，還是默默地躺在水草叢邊不動。

小河蚌笑著說：「怎麼，你連一顆珍珠也沒有培育？」

小河蚌離開了大河蚌，又到別處吹牛去了。

過了些日子，小河蚌又來到水草叢邊，他見大河蚌還在那兒，就走過去，張開身體，說：「你看看，我的這兩顆珍珠多麼漂亮！你有嗎？」

大河蚌不說話，也不張開身體，還是默默地躺在水草叢邊不動。

小河蚌譏諷地說：「怎麼，你是一隻不會育珠的河蚌，所以你不肯張開身體給我看？哈哈，真沒出息！」

小河蚌離開了大河蚌，又到別處吹牛去了。

又過了許多日子，小河蚌又來到水草叢邊，他見大河蚌還在那兒一聲不響地躺著，就走了過去。

小河蚌把身體張開，又給大河蚌看了一會自己的兩顆珍珠，然後傲慢地說：「我的珍珠比以前大了許多，你連一顆小珍珠也培育不出來，真是太可憐、太可悲了！」

大河蚌不說話，慢慢張開身體，裏面露出一排排銀光閃閃的大珍珠，把水草叢照得一片光亮。小河蚌驚呆了，他把自己培育的珍珠和大河蚌的一比，簡直算不得是珍珠，自己的珍珠既小又黯淡無光，大河蚌的珍珠又大又圓又光亮。

小河蚌問大河蚌：「你既然有這麼多罕見大珍珠，為什麼平時含而不露？快給我說說你培育大珍珠的祕訣！」

大河蚌微微一笑，語重心長地說：「我覺得，要做成一件大事，既要吃得了苦，還要虛心好學，耐得住寂寞！」

故事啟示

要做成一件大事，既要吃得了苦，還要虛心好學，耐得住寂寞。學業或者事業都需要我們虛心好學，奮發努力，有一點小成績就驕傲自滿，很難出類拔萃。

⑳ 武林高手

魯功是北方的武林高手，腿上功夫十分了得；江力是南方的武林高手，拳頭功夫非同一般。

一天，兩人在一家酒店中相遇了，喝了一會酒，魯功對江力說：「我祖傳三代的神功連環腿，打遍北方無敵手，你的拳頭再厲害也擋不了！」

江力呷了口酒，說：「我祖傳五代的神力迷蹤拳，南方無人能抵擋，你的連環腿再厲害，也會敗在我的手下！」

端菜添酒的酒店夥計見兩位人高馬大的顧客爭吵起來，對兩人說：「依我之見，任何武功，都有它的長處和短處，應該互相學習，取長補短。武林中人，『謙虛』兩字最為重要。」

魯功和江力來到酒店門前的空地上，你一腳我一拳地打了起來。他們打了十多回合，難分勝負。

夥計大聲說：「兩位好漢功夫不錯，難分高下，天色已晚，趕快停止比武吧！」

夥計見兩人不肯休戰，就一躍跳了起來，落在兩人中間，他手腳並用，三拳兩腳就很快將魯功和江力打趴在地上。

魯功和江力呆了好一會，才明白是怎麼回事。真人不露相，沒想到夥計才是真正的武林高手啊。

兩人急切地問：「剛才你的拳腳簡直是天外神功，十分了得，請問是哪位大師傳授？」

夥計笑著說：「酒店中南來北往的客人很多，不少都是武林高手。他們喝酒後常大談武功，還在那裏比劃幾招。時間長了，我也就學到了一些南拳北腿的功夫，並把我平時端盤子、倒酒的動作也融合在所學的武功中，形成了自己的獨特套路。」

江力對夥計說：「既然你有如此天下無敵的武功，在這裏當夥計豈不委屈，不如開辦武館，我們都拜你為師。」

夥計說：「山外青山樓外樓，我這點武功算得了什麼。再說，當酒店夥計能結識很多武林高手，江湖俠士，有什麼不好?!」

魯功、江力悟出了許多道理，佩服得五體投地。

故事啟示

有些人學習到一點本領就自吹自擂，標榜自己是高手。真正的高手卻格外謙遜，常常深藏不露。有一點本領就傲氣十足，旁若無人，到處張揚是無知和淺薄的表現。

㉑ 灰兔兄弟

灰兔媽媽有兩個兒子，大兒子叫大灰，小兒子叫小灰。

一天，灰兔媽媽對大灰和小灰說：「你們已經長大，應該自己挖洞安家，獨立生活了。」

大灰和小灰聽了媽媽的話，離開了媽媽。他們各自選擇地方，挖好了洞穴。灰兔媽媽知道大灰和小灰都已經挖好了自己的洞穴，高高興興地前去探望。

大灰指著他在山坡北邊挖的洞穴，得意地對媽媽說：「為了在發生危險時能安全逃脫，我挖的洞穴有六個相通的出口，這樣就更加安全了！」

灰兔媽媽搖搖頭，說：「出口越多越安全的想法是錯誤的，這麼多的洞穴出口反而容易暴露，這樣很危險！再說，遇到颳風下雨時，住在這樣四通八達的洞穴中也是很不舒服的啊！」

小灰指著他在山坡南邊挖的洞穴，對媽媽說：「這裏的草又多又高，我在這裏挖洞安家覺得比較安全。」

大灰看到小灰挖的洞只有一個出口不由暗暗好笑，說：「你挖的洞穴只有一個出口，這樣很不安全。」

小灰一邊領著媽媽和大灰進洞參觀，一邊說：「其實我的洞穴有三個出口，只是其中兩個出口處我還留下最後一層薄土，土上還長有草，在外面根本無法發現這是洞的出口。如果發生危險，我只要用力將那層薄土一推就逃出去了。我覺得這樣比把洞口暴露在外面更加隱蔽，更加安全，更加舒適。」

小灰又領著媽媽和大灰來到不遠處的樹叢邊，說：「除了剛才你們看到的那個洞穴，在這樹叢的東邊和西邊我又各挖了一個洞穴。現在，我有三個十分隱蔽的洞穴，敵人就很難發現我究竟藏身何處了。」

灰兔媽媽高興地對小灰說：「你既有三個洞穴，每個洞穴又隱蔽得格外好，真是個聰明的孩子！」

故事啟示

虛心學習人家的經驗是好的，但是不能照搬，要有創新。創新需要思考，也不是搞花招，而是從實際出發，講求實效。

㉒ 師徒打刀

劉師傅打的菜刀又快又好，他的徒弟問他：「師傅，你打的菜刀這麼好，有什麼訣竅？」

劉師傅笑著說：「顧客買了我的刀，用了幾年還鋒利如初，我就讓他們把刀拿來給我看。我時常總結成功經驗，所以菜刀才越打越好。」

後來，劉師傅的徒弟也開了一家鐵匠鋪，打菜刀賣。過了三年，大家都說徒弟打的菜刀比劉師傅的更好。

劉師傅問徒弟：「你是怎麼超過我的？」

徒弟指著幾把缺了口的菜刀說：「我除了和你一樣總結成功的經驗，還把顧客用了不久就缺口捲刃的菜刀換回來，從中找出我打刀時存在的毛病，加以改進。」

劉師傅聽了，感慨地說：「看來從錯誤中吸取教訓和從成功中吸取經驗同樣重要啊！」

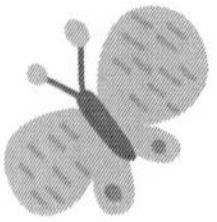

故事啟示

經驗包含著珍貴的學問，但是經驗不會從天而降，經驗只有通過實踐才能獲得。我們要善於總結成功的經驗，同時又要重視總結失敗和錯誤中的教訓。

㉓ 小烏鴉的感想

小烏鴉和小孔雀、小百靈鳥是很要好的朋友，他們經常在一起玩。

小孔雀在選美比賽中得了冠軍，小烏鴉就不再去找小孔雀玩。小孔雀主動去找他，他也不高興理睬。

小百靈鳥在歌唱比賽中得了冠軍，小烏鴉不再去找小百靈鳥玩。小百靈鳥主動去找他，他也不高興理睬。

烏鴉媽媽見小烏鴉整天心事重重，很不高興的樣子，說：「有什麼心事快告訴媽媽，老悶在心裏不好。」

小烏鴉說：「我和小孔雀、小百靈鳥是好朋友，如今他們都是冠軍了，我卻什麼都不是。他們依靠自身的有利條件，獲得了冠軍，一舉成名。我卻渾身漆黑，嗓音沙啞，永遠也成不了冠軍。他們沒有得冠軍前，都是沒有名的好夥伴，如今他們成名了，就顯得我很無能。」

烏鴉媽媽和藹地說：「孩子，你也有自身的特長和優勢，只要你有足夠的自信和踏實的精神，你也能夠取得成功。現在，你首先要有一個良好的心態，看到朋友獲得成功，不能嫉妒，不能自卑，應該高高興興去祝賀他們！」

小烏鴉聽了媽媽的話，心中豁然開朗。他找到小孔雀、小百靈鳥，祝賀他們成為冠軍，並且虛心向他們請教成功經驗。從此小烏鴉更加勤奮練習捕捉害蟲的本領，成了遠近聞名的捕捉害蟲能手。在捕捉害蟲大獎賽中，小烏鴉成績遙遙領先，獲得了捕捉害蟲冠軍。

小烏鴉在發表獲獎感想時，說：「要想取得成功，就應該把別人的成功作為激勵自己奮發努力的強大動力！」

故事啟示

看到人家的成功，嫉妒、自卑是無能的表現。要想取得成功，就應該虛心學習他們的奮發向上的精神和成功的經驗。

㉔ 王怪招的怪招

王大志喜歡參加各種各樣的比賽，每次參賽他都使出怪招，大家都叫他王怪招。一次書法大獎賽，王怪招在廣場上鋪了一張很大的紙，把拖地用的拖把蘸了墨汁，寫了一個大大的「潔」字。王怪招對書法一知半解，平時也不好好練習，寫出的字自然不像樣子。

評委們覺得他字雖然不好，但是這是本次大賽最大的字，還是用打掃衛生的拖把寫成的「潔」字，很有創意，於是特地臨時設立了一個「最佳創意獎」，給了王怪招。

王怪招沒有學習過美術，他得知某地舉辦繪畫大賽，就在一張九十九米長的紙上畫了一些白雲和飛鳥。這是這次繪畫大賽參賽的最長的長卷畫，雖然畫得很差，但是評委覺得他精神可嘉，給了他一個「鼓勵獎」。

快過年了，王怪招所在的村子裏舉辦自製餃子大賽，獲獎者有豐厚獎品。王怪招想，村裏有許多包製餃子的能手，憑自己的這點水準肯定不能取勝。王怪招決定還是以自己的出怪招取勝。他買了兩袋麵粉，又買了兩拖車大白菜和肉，閉門謝客，在家中製餡、和麵，忙得不亦樂乎。

大年三十這天，各家各戶把煮好的餃子拿到大賽評委會那裏參加評比。評委們根據餃子外形是否美觀和品嘗味道是否鮮美，評出優勝者，給他們頒發了證書和獎品。這時，王怪招請兩個大漢，抬著一扇上面放著一隻一人多長特大餃子的大門，走進比賽場。在場的人從來沒有見過如此大的餃子，一下子轟動起來。

王怪招得意地指著特大餃子，對評委們說：「沒有見過這麼大的餃子吧？我肯定全世界也是獨一無二的，你們應該給我評一個『餃子大王特別獎』！」

李大嫂是這次大賽評委會主任，她指著大餃子對王怪招說：「大家知道，餃子只能整個放在鍋內煮，切開來煮，餡就會化到湯裏去。請問，你家中有能夠煮熟這隻大餃子的巨鍋嗎？」

王怪招一愣，看著在場的鄰居都在笑他，心中很不是滋味。

故事啟示

渴望成功和獲取名利都不是錯，但是應該經過自己刻苦努力去實現，而不是要小聰明投機取巧。不願認真刻苦學習，沒有真本事，遲早會露出馬腳。

25 怕麻煩的狗熊

金絲猴和狗熊是鄰居，他見狗熊家的磚牆向裏面傾斜得厲害，十分著急。

金絲猴指著傾斜的牆壁對躺在床上睡懶覺的狗熊說：「你家的牆壁已經嚴重傾斜，有倒塌的危險，趕快把磚塊拆下來，重新砌好吧！」

狗熊翻了一個身，冷冰冰地對金絲猴說：「要把那麼多的磚塊全拆下來，還要一塊又一塊地重新砌上去，多麼麻煩。房子造的時間久了，牆壁有點傾斜很正常，別大驚小怪！」

金絲猴耐心地說：「傾斜的牆壁很危險，你不要怕麻煩，還是趕快把它拆了，重新砌一下吧！」

狗熊打了個哈欠，下床找了根木棍，把它頂在傾斜的牆上。狗熊得意地說：「用木棍把傾斜的牆頂住，這樣牆就不會倒了。這個辦法比拆了重新砌省事多了。我的主意不錯吧！」

金絲猴說：「用木棍頂著是比把牆拆了重新砌省事，但是這樣問題還是沒有根本解決啊！」

狗熊不理金絲猴，躺到床上一會就睡著了，發出呼嚕嚕的鼾聲。金絲猴搖搖頭，無可奈何地走了。

第二天，天空烏雲密布，狂風暴雨像惡魔一樣襲擊大地。狗熊家傾斜的牆壁怎能抵擋這麼大的風雨呢？「啪——」一聲倒了。牆磚倒下來壓壞了狗熊的床，他的一條腿也被磚塊壓成了重傷，疼得哇哇直叫。

金絲猴聽見牆壁倒塌的聲音，冒雨來到狗熊家探望。

他對狗熊說：「如果你聽我的勸告，不怕麻煩把傾斜的牆拆了重新砌好，也就不會有今天的結果。」

故事啟示

只要你敢於面對所出現的問題，及時處理好，麻煩就會被化解掉。有些人怕麻煩，不願去把事情處理好，一拖再拖。結果小麻煩變成了大麻煩，大麻煩釀成了悲劇。

㉖ 渡口比武

大清河上沒有橋，人們過河都得乘坐小擺渡船。這一天正逢趕集，在渡口大樹下等待擺渡的人特別多。

這時候，大路上大搖大擺走來一個穿紫紅衣服的大漢。他見大樹下等待擺渡的人很多，心想，如果以先來後到輪著擺渡，自己要等很久。

大漢瞟了一眼等待擺渡的人，傲氣十足地大聲說：「江湖上都叫我神拳王五，現在我急著過河去參加武林高手比武。等會渡船靠岸，我要先上船！」

白髮蒼蒼的老漢和顏悅色地對王五說：「按次序擺渡是這裏的規矩，我也已經在這裏等好久了。時間還早，等一會也不會耽誤你參加比武。」

王五狠狠瞪了老漢一眼，怒氣沖沖地說：「我是武林神拳，先擺渡是應該的。誰不服氣，與我比試比試！」

人群中走出一個穿綠色衣服的大漢，不服氣地對王五說：「我也是去參加武林高手比武的，江湖上叫我魔拳趙六。我的武功非同一般，要與你一比高下！」

王五與趙六很快就交上了手，打了三個回合，難解難分。老漢身邊一個年輕姑娘騰空躍起，落在王五與趙六中間，三拳兩腳就把兩人打趴在地上。王五與趙六知道遇到了高手，問年輕姑娘江湖上的名號。

年輕姑娘微微一笑，指著白髮老人說：「我從小跟爺爺學習武藝，爺爺也沒有江湖名號，我怎麼會有呀？」

老漢把年輕姑娘叫到身邊，責怪道：「他們比武，你出手幹什麼？我一直告誡你不要炫耀自己的武功，你總是改不了。」王五與趙六這才知道老漢是深藏不露的真正高手，佩服得五體投地。他們一起來到老漢面前，要拜他為師。

老漢說：「拜師就不必了，不過我可以給你們一個忠告，江湖上高手林立，天外有天。要清醒地看到自己的不足，要有謙卑的心。」

故事啟示

謙卑是一種美德，無論自己取得了多大成功，都應保持一顆謙卑的心。驕傲自滿有害，謙虛謹慎有益。

27 食蟻獸和穿山甲

食蟻獸肚子餓了，一邊走一邊用長長的尖鼻子不停地在草叢中尋找食物。他在小溪邊的大樹旁邊發現了螞蟻洞，十分高興。食蟻獸把長舌頭一次又一次伸進洞去舔螞蟻，吃得津津有味。

食蟻獸對著向自己走過來的穿山甲伸了一下長舌頭，得意地說：「我的舌頭又長又細，上面還有黏液體，用來舔食螞蟻十分方

便。我的爪子尖利，是用來挖掘螞蟻窩的最好武器。在這個山林裏，我是獨一無二的捕捉螞蟻能手！」

穿山甲對食蟻獸說：「螞蟻危害樹木，你捕食螞蟻為保護森林做出了貢獻。不過，捕捉螞蟻的不止你一個，我也是捕食螞蟻的能手啊！」

食蟻獸不屑一顧地瞟了一眼穿山甲，說：「我的名字叫食蟻獸，尖鼻子、長舌頭和爪子都是消滅螞蟻的武器。就算你也捕食螞蟻，武器不如我的好，辦法也沒有我多。你只不過是無名小輩，無法與我相比！」

穿山甲微微張開身上的鱗甲，一動不動地趴在大樹根旁邊的螞蟻洞旁邊。食蟻獸看著穿山甲，覺得十分奇怪，不知道他要幹什麼。很快，蟻巢中的螞蟻聞到了穿山甲身上發出的腥味，成群結隊爬出洞來。螞蟻紛紛鑽進穿山甲張開的鱗甲裏面尋找食物。一會，穿山甲的鱗甲裏面就躲滿了螞蟻。突然，穿山甲把鱗甲緊緊閉合，螞蟻們再也無法逃脫。

食蟻獸對穿山甲說：「你這一招捕捉螞蟻的辦法不錯。不過，螞蟻都在你的鱗甲裏面，你怎麼能夠吃得到呢？」

穿山甲快步向小溪旁的淺水潭邊走去，「撲通」一聲跳進了水裏，把身上的鱗甲張開。鱗甲裏面的螞蟻都漂浮在水面上掙扎，穿山甲不費力氣地飽餐了一頓。

穿山甲對食蟻獸說：「剛才你看到的只是我捕捉螞蟻的其中一招，對於樹根下面隱藏得很深的螞蟻，我就使用快速挖洞的方法進入，搗毀他們的老巢。」

食蟻獸心悅誠服地對穿山甲說：「你智勇雙全，本領非凡，是捕捉螞蟻的高手，我十分佩服。剛才我不應該說那些狂妄自大、瞧不起你的話，請你原諒。」

故事啟示

驕傲來自淺薄，狂妄出於無知。瞧不起別人的人往往不了解他人的長處，沒有虛心向他人學習的精神。要想成為強者，應該謙虛好學。

28 老山羊認錯

老山羊家房子的東邊是清澈的池塘，西邊是綠油油的菜園。他每天用水桶去池塘裏取水，然後去菜園裏給青菜澆水。一天，老山羊突然發現青菜葉子被咬壞了許多，十分生氣。傍晚，他蹲守在菜園裏，準備抓住偷吃青菜的壞蛋。

池塘邊草叢中的一隻螢火蟲見天色漸漸變暗，就飛到了菜園裏躲在青菜葉子上。

老山羊發現了閃著黃綠色光的螢火蟲，走過去對他說：「我每天澆水、除草，辛辛苦苦種植青菜。你卻不勞而獲，公然打著燈籠前來偷吃青菜！」

螢火蟲對老山羊說：「你冤枉我了，我真的沒有偷吃你的青菜啊！」

老山羊說：「你別抵賴！你不想偷吃青菜，到我菜園裏來幹什麼?!」

螢火蟲說：「我們螢火蟲都不吃蔬菜，喜歡蝸牛。」

老山羊捋著鬍子，說：「我老山羊見多識廣，什麼都懂，你騙不了我。蝸牛的個子比你大很多倍，他吃螢火蟲我信，螢火蟲吃蝸牛誰也不會相信！」

螢火蟲見蝸牛正在吃青菜葉子，急忙飛過去附在他身上。一會，蝸牛就失去了知覺，癱瘓了。螢火蟲用腹部的發光器向夥伴們發出信號，很快飛來了許多螢火蟲，一起把蝸牛吃掉了。

雖然天色已經有些昏暗，但是老山羊還是看清楚了。

他恍然大悟，對螢火蟲說：「原來偷吃青菜的是蝸牛，你們在幫助我除害。不過我不明白，你躲在蝸牛的身上，他怎麼就癱瘓不動了，難道你有什麼魔法？」

螢火蟲說：「我們螢火蟲都會分泌出一種具有麻醉功能的液體，剛才我用很細、很細的尖管將液體注入他體內，很快就將他麻醉了。我注入的液體還會讓蝸牛肉變成液體，便於吸食。這是我們螢火蟲的祖傳捕食絕招啊！」

老山羊深有感觸地說：「剛才我錯怪你了，真對不起。我原以為什麼都懂，實際上不懂的東西還很多啊！」

故事啟示

人之所以犯錯，不是因為不懂，而是因為自以為什麼都懂。知識猶如浩瀚的海洋，我們每一個人擁有的知識十分有限，唯有孜孜不倦虛心學習，才能獲得更多的知識。

29 狂妄的電鰩

美麗的珊瑚叢旁，一條頭部大而扁平的魚在慢慢游動。這條長得怪模怪樣的魚，就是能夠用身體發電的電鰩。突然，電鰩身上電光一閃，一旁的小魚小蝦都被電流擊暈了。電鰩毫不費力地把這些小魚小蝦吞進了肚子裏。

這時，一條身體圓而細長的灰色魚，晃動著身體向珊瑚叢邊緩緩游過去。

電鰩不屑一顧地看了一眼他，說：「瞧你這模樣，就知道你是一條沒有本領的魚。我是大名鼎鼎的電鰩，身體放電能夠擊暈小魚小蝦。我是大海中的放電大王，以後大家都得聽我的，誰不聽話就放電擊他！」

灰色魚搖著尾巴，心平氣和地對電鰩說：「你身體發出的電流的電壓只有五十伏特左右，只能把小魚小蝦擊暈，對付大魚就不行了。你有一點小本領，但是千萬不要自以為了不起啊！」

電鰩聽了灰色魚的話，惱羞成怒，兇神惡煞地說：「你這無能的魚也敢教訓我，我要讓你嘗嘗電擊的滋味！」

突然，一條大鯊魚飛快地向珊瑚叢邊衝過去，張開了血盆大口。電鰩見情況危急，急忙躲藏到了珊瑚叢後面的水草中。鯊魚見灰色魚沒有逃跑，心想一定是被自己兇猛的樣子嚇傻了。就在鯊魚要吃灰色魚的一瞬間，灰色魚突然晃動身體，一道明亮的電光猛擊鯊魚。鯊魚只覺得像被狠狠抽了一鞭子，渾身難受，他痛苦地大叫一聲，掉頭就逃。

躲藏在水草中的電鰩看到了剛才發生的一切，游出來對灰色魚說：「你究竟是什麼魚，怎麼能夠發出那麼強大的電流呢？」

灰色魚說：「我叫電鰻，身體發出電流的電壓比你身體發出的電流的電壓強十倍。別說小魚小蝦，就是大魚我也能夠將他擊暈，剛才我只是小小地教訓了一下鯊魚。」

電鰩恭恭敬敬地對電鰻說：「我原來一直以為自己是最厲害的放電魚，沒有想到你才是最了不起的放電魚。剛才我不該對你無禮，多有得罪，真是對不起！你本領高強，天下無雙，為何平時這樣低調，不露聲色？」

電鰻語重心長地說：「在大海中，許多魚兒都有自己的生存本領和絕招，我的這點本領算不了什麼啊！」

故事啟示

<ruby>驕<rt>ㄐㄧㄠ</rt></ruby><ruby>傲<rt>ㄠˋ</rt></ruby><ruby>出<rt>ㄔㄨ</rt></ruby><ruby>於<rt>ㄩˊ</rt></ruby><ruby>無<rt>ㄨˊ</rt></ruby><ruby>知<rt>ㄓ</rt></ruby>，<ruby>如<rt>ㄖㄨˊ</rt></ruby><ruby>果<rt>ㄍㄨㄛˇ</rt></ruby><ruby>你<rt>ㄋㄧˇ</rt></ruby><ruby>知<rt>ㄓ</rt></ruby><ruby>道<rt>ㄉㄠˋ</rt></ruby><ruby>這<rt>ㄓㄜˋ</rt></ruby><ruby>個<rt>ㄍㄜˋ</rt></ruby><ruby>世<rt>ㄕˋ</rt></ruby><ruby>界<rt>ㄐㄧㄝˋ</rt></ruby><ruby>其<rt>ㄑㄧˊ</rt></ruby><ruby>實<rt>ㄕˊ</rt></ruby><ruby>強<rt>ㄑㄧㄤˊ</rt></ruby><ruby>手<rt>ㄕㄡˇ</rt></ruby><ruby>林<rt>ㄌㄧㄣˊ</rt></ruby><ruby>立<rt>ㄌㄧˋ</rt></ruby>，<ruby>就<rt>ㄐㄧㄡˋ</rt></ruby><ruby>不<rt>ㄅㄨˋ</rt></ruby><ruby>會<rt>ㄏㄨㄟˋ</rt></ruby><ruby>覺<rt>ㄐㄩㄝˊ</rt></ruby><ruby>得<rt>ㄉㄜˊ</rt></ruby><ruby>自<rt>ㄗˋ</rt></ruby><ruby>己<rt>ㄐㄧˇ</rt></ruby><ruby>天<rt>ㄊㄧㄢ</rt></ruby><ruby>下<rt>ㄒㄧㄚˋ</rt></ruby><ruby>第<rt>ㄉㄧˋ</rt></ruby><ruby>一<rt>ㄧ</rt></ruby><ruby>了<rt>ㄌㄜ</rt></ruby>。<ruby>即<rt>ㄐㄧˊ</rt></ruby><ruby>使<rt>ㄕˇ</rt></ruby><ruby>你<rt>ㄋㄧˇ</rt></ruby><ruby>有<rt>ㄧㄡˇ</rt></ruby><ruby>了<rt>ㄌㄜ</rt></ruby><ruby>驕<rt>ㄐㄧㄠ</rt></ruby><ruby>傲<rt>ㄠˋ</rt></ruby><ruby>的<rt>ㄉㄜ</rt></ruby><ruby>資<rt>ㄗ</rt></ruby><ruby>本<rt>ㄅㄣˇ</rt></ruby>，<ruby>也<rt>ㄧㄝˇ</rt></ruby><ruby>不<rt>ㄅㄨˋ</rt></ruby><ruby>能<rt>ㄋㄥˊ</rt></ruby><ruby>趾<rt>ㄓˇ</rt></ruby><ruby>高<rt>ㄍㄠ</rt></ruby><ruby>氣<rt>ㄑㄧˋ</rt></ruby><ruby>揚<rt>ㄧㄤˊ</rt></ruby>，<ruby>旁<rt>ㄆㄤˊ</rt></ruby><ruby>若<rt>ㄖㄨㄛˋ</rt></ruby><ruby>無<rt>ㄨˊ</rt></ruby><ruby>人<rt>ㄖㄣˊ</rt></ruby>。

㉚ 鸚鵡和百靈鳥

百靈鳥經過刻苦練習，唱的歌越來越動聽，美妙的歌聲迴蕩在美麗的大森林中。

百靈鳥感到很寂寞，想找鳥兒們一起玩，可是大家都躲得遠遠的。

百靈鳥找到了鸚鵡，說：「鳥兒們都躲著我，不願意與我在一起。一定是他們覺得自己的歌唱得不如我好聽，感到十分自卑的緣故吧？」

鸚鵡對百靈鳥說：「你的歌聲確實十分動聽，大家都不能與你相比。但是，夥伴們也都有自己的特長，不會感到自卑。」

百靈鳥說：「那他們為什麼老躲著我呢？」

鸚鵡說：「你喜歡在夥伴們面前喋喋不休吹噓自己，還要與夥伴們比賽唱歌。夥伴們討厭你的驕傲和虛榮，所以不願意與你在一起。」

百靈鳥歎了一口氣，說：「怎樣才能讓夥伴喜歡我呢？」

鸚鵡說：「如果你能夠謙虛一些，大家肯定會喜歡你的。」

百靈鳥說：「謙虛很容易，從現在起我就開始謙虛，做一隻謙虛的百靈鳥。」

百靈鳥突然飛到一群小鳥中間，裝模作樣地說：「我只不過獲得了歌唱大獎賽的一等獎而已，只不過唱的歌比你們唱的歌動聽一些，要戒驕戒躁。怎麼樣，我夠謙虛了吧？」

鳥兒們誰也不理百靈鳥，「嘩」的一聲都飛走了。

百靈鳥對鸚鵡說：「他們怎麼仍然不理我呢，難道我剛才講的話還不夠謙虛嗎？」

鸚鵡說：「真正的謙虛出自內心，你表面上謙虛，實際上還是在炫耀。故意表現出來的謙虛，恰恰是真正的驕傲和虛榮啊！」

故事啟示

謙虛應該是發自內心的真誠的表達，而不是虛情假意的虛偽表演。裝出來的謙虛比真的驕傲更讓人難於接受！

兒童・寓言05　PG1307

小學生寓言故事

——謙虛好學

作者／錢欣葆
責任編輯／林千惠
圖文排版／周好靜
封面設計／楊廣榕
出版策劃／秀威少年
製作發行／秀威資訊科技股份有限公司
114 台北市內湖區瑞光路76巷65號1樓
電話：+886-2-2796-3638
傳真：+886-2-2796-1377
服務信箱：service@showwe.com.tw
http://www.showwe.com.tw

郵政劃撥／19563868
戶名：秀威資訊科技股份有限公司
展售門市／國家書店【松江門市】
104 台北市中山區松江路209號1樓
電話：+886-2-2518-0207
傳真：+886-2-2518-0778

網路訂購／秀威網路書店：http://www.bodbooks.com.tw
國家網路書店：http://www.govbooks.com.tw
法律顧問／毛國樑　律師

總經銷／聯寶國際文化事業有限公司
221新北市汐止區康寧街169巷27號8樓
電話：+886-2-2695-4083
傳真：+886-2-2695-4087

出版日期／2015年11月　BOD一版　**定價**／200元
ISBN／978-986-5731-37-3

秀威少年
SHOWWE YOUNG

國家圖書館出版品預行編目

小學生寓言故事 : 謙虛好學 / 錢欣葆著. -- 一版. -- 臺北市 : 秀威少年, 2015.11

面； 公分

ISBN 978-986-5731-37-3(平裝)

859.6 104014434

讀者回函卡

感謝您購買本書，為提升服務品質，請填妥以下資料，將讀者回函卡直接寄回或傳真本公司，收到您的寶貴意見後，我們會收藏記錄及檢討，謝謝！

如您需要了解本公司最新出版書目、購書優惠或企劃活動，歡迎您上網查詢或下載相關資料：http:// www.showwe.com.tw

您購買的書名：________________________________

出生日期：________年________月________日

學歷：□高中（含）以下　□大專　□研究所（含）以上

職業：□製造業　□金融業　□資訊業　□軍警　□傳播業　□自由業

□服務業　□公務員　□教職　□學生　□家管　□其它_____

購書地點：□網路書店　□實體書店　□書展　□郵購　□贈閱　□其他

您從何得知本書的消息？

□網路書店　□實體書店　□網路搜尋　□電子報　□書訊　□雜誌

□傳播媒體　□親友推薦　□網站推薦　□部落格　□其他__________

您對本書的評價：（請填代號　1.非常滿意　2.滿意　3.尚可　4.再改進）

封面設計____　版面編排____　內容____　文／譯筆____　價格____

讀完書後您覺得：

□很有收穫　□有收穫　□收穫不多　□沒收穫

對我們的建議：________________________________

____

____

____

請貼
郵票

11466
台北市內湖區瑞光路 76 巷 65 號 1 樓
秀威資訊科技股份有限公司 收
BOD 數位出版事業部

（請沿線對折寄回，謝謝！）

姓　　名：＿＿＿＿＿＿＿＿　年齡：＿＿＿＿　性別：□女　□男

郵遞區號：□□□□□

地　　址：＿＿＿＿＿＿＿＿＿＿＿＿＿＿＿＿

聯絡電話：(日)＿＿＿＿＿＿＿＿（夜）＿＿＿＿＿＿＿＿

E-mail：＿＿＿＿＿＿＿＿＿＿＿＿＿＿＿＿